AF359234

TOUT LE MONDE

S'EN MÊLE.

DIALOGUE INTÉRESSANT

ENTRE

L'OMBRE D'HÉRACLITE

ET CELLE DE DÉMOCRITE,

Sur un Sujet déjà traité.

PAR M. T***.

On respecte le rang ; c'est la bonté qu'on aime.
DORAT, *Ode à la Nation.*

A PARIS,

Chez MONORY, Libraire de S. A. S. Mgr le
Prince de Condé, rue de la Comédie Françoise.

M. DCC. LXXIV.

Z 1245.
L

DIALOGUE

INTÉRESSANT

ENTRE

L'OMBRE D'HÉRACLITE

ET CELLE DE DÉMOCRITE,

Sur un Sujet déjà traité.

DÉMOCRITE.

Trève de pleurs, mon Confrère ; c'est assez
larmoyer : les temps sont passés de se chagriner ;
de la gaieté, de la gaieté ! faites comme moi, &
riez à gorge déployée.

HÉRACLITE.

Il n'y a qu'un fol qui puisse vous imiter &
rire comme vous faites, en voyant les travers de
l'esprit humain : pour moi, lorsque je jette un
regard sur cet infortuné globe, je pleure.

DÉMOCRITE.

Ai! ai! votre humeur mélancolique est prodi-
gieusement tenace. Comment voir la gaieté du

A ij

Peuple parmi lequel nous nous trouvons tranf-
planté, fans éprouver les mêmes fentimens qui
les animent?

H É R A C L I T E.

Les François ont des raifons puiffantes pour fe
réjouir ; mais moi, par les mêmes raifons qu'eux,
je dois pleurer.

D É M O C R I T E.

Ah, ah, ah, la bonne folie!

H É R A C L I T E:

Fol tant qu'il vous plaira : je révère autant
qu'eux le Monarque que le Ciel leur a donné pour
tenir les rênes de leur Empire ; j'admire les vertus & la bienfaifance de fon illuftre Epoufe ; &
quand je confidère les vues fages & prévoyantes
de cet augufte Couple, je pleure de plaifir, mon
ami.

D É M O C R I T E.

Des larmes de cette efpèce font l'expreffion le
plus pur du fentiment : mais ces larmes précieu-
fes, fi différentes de celles qu'arrache la douleur,
ne font point, entre nous, les feules que je vous
vois répandre.

H É R A C L I T E.

Il eft vrai qu'il eft bien difficile de n'en point
verfer de dépit, quand on voit cette foule de pro-
ductions éphémères & infipides qui inondent le
Public depuis deux mois.

D É M O C R I T E.

Elles ont pour elles le louable motif qui les
dicte ; c'eft beaucoup : fi ceux qui les enfantent
s'expriment mal, on a le plaifir de voir, au moins,
qu'ils fentent bien.

H É R A C L I T E.

Belles raifons! Louis XVI a-t-il befoin de tout
ce bavardage pour connaître combien fon Peuple
l'aime? Qu'il le rende heureux, comme il le fera ;

des actions lui prouveront cent fois mieux que des paroles combien le François adore ses Princes.

DÉMOCRITE.

Eh! sans doute, il le voit, il le sait, mais enfin ces bonnes gens veulent encore le lui dire, les uns en chantant (ceux-là sont les miens), les autres en larmoyant & sûrement leur verve tient un peu d'Héraclite.

HÉRACLITE.

Ont-ils tort? Non, je le répète, non; jai de l'expérience; depuis nombre de siècles je vois ce qui se passe dans chaque Etat, & dans chaque Empire de ce globe, & je pleure.

DÉMOCRITE.

Peste soit du pleureur! Je passerois cette frénésie à quelqu'un qui seroit à Londres. Monsieur Héraclite.... vous vous occupez de la lecture des Romans Anglois?

HÉRACLITE.

Vous avez beau plaisanter, je ne change point de systême. Le germe de toutes les vertus se développe avec une sorte de *précocité* dans le jeune Prince que le Ciel destine à faire l'admiration de l'Europe entière; ce n'est point sur lui que je pleure, mais sur les dangers qui l'entourent. Si le rang des Rois est digne d'envie, qui ignore que des piéges sans nombre leur sont tendus par une troupe perverse, sans cesse occupée à brûler autour d'eux un encens qui trop souvent les enivre?

DÉMOCRITE.

Ignorez-vous que la Vérité seule à des charmes pour le nouveau Roi? qu'il abhorre la flatterie? & fait apprécier les adulateurs?

HÉRACLITE.

Oui. Mais enfin, la cohorte est adroite: pour séduire le Monarque, elle sait, quand il le faut, changer de masque. Il hait les flatteurs : mais son

cœur n'est peut-être pas inaccessible. Une Reine
charmante fait ses délices : mais la foiblesse hu-
maine se fait sentir jusques sur le Trône. Les
Plaisirs naîtront sous ses pas ; la Beauté a quelquefois la douleur de voir la Coquetterie recevoir
les honneurs du triomphe. Des grouppes de Sirè-
nes, placés à diverses distances dans les enceintes
du Palais, chercheront à enchanter le Dieu qui
y préside : que de maux alors !

DÉMOCRITE.

Le vieux Rêveur postule à coup sûr une place
aux Petites-Maisons.

HÉRACLITE.

Le bonheur de ses Peuples fera, dit Louis,
son unique plaisir. Noble sentiment ! tu es bien
digne de l'âme d'un Bourbon. Mais il est tant de
branches dans l'administration, tant de parties
qui ont besoin d'un égal secours, qu'il faut em-
ployer des hommes pour veiller à ces divers objets ; & trop souvent, hélas ! ces hommes ne le
sont que trop.

DÉMOCRITE.

Mon Confrère, vous ne connoissez pas encore
le pouvoir de l'œil du Maître. Un Roi qui se laisse
aborder par la Vérité, & qui s'appuie sur la Jus-
tice & la Fermeté, étend, sans y paroître, ses
soins jusqu'à l'extrémité de son Royaume. Quand
il auroit par hasard confié une portion de son pouvoir à quelqu'un qui en seroit indigne, la crainte
de la disgrâce lui fait faire ce à quoi ne pourroit
l'engager l'amour du devoir.

HÉRACLITE.

Je consens à tout ce que vous voudrez ; mais
encore une fois, un Prince est un homme ; par
conséquent il n'est pas universel.

DÉMOCRITE.

Cela s'appelle chercher la pierre philosophale ;

& vous pleurerez long-temps encore, si vous attendez que vous l'ayez trouvée pour sécher vos larmes.

HÉRACLITE.

Raillez autant qu'il vous plaira; vos ris immodérés annoncent plutôt un fol qu'un homme sage. Cependant telle est l'expression de votre joie : chacun peint son contentement à sa manière, Démocrite en riant, Héraclite en pleurant.

DÉMOCRITE.

Ah, ah, ah, la bonne saillie! Je crois que vous trouverez en France peu de personnes qui veuillent prendre des leçons de vous pour exprimer le sentiment.

HÉRACLITE.

Quelqu'affectation que vous mettiez à me rendre ridicule, je ne le suis peut-être pas autant que vous voudriez le faire croire; par exemple, de quoi riez vous?

DÉMOCRITE.

C'est selon; mon occupation ordinaire est de rire des sottises d'autrui; mais aujourd'hui je ris du plaisir que j'ai d'avoir obtenu du Maître des Dieux la permission de me fixer dans un Royaume dont le Chef va faire le bonheur.

HÉRACLITE.

Ce sentiment est louable; mes pleurs ne le sont pas moins: je pleure presque toujours des folies des autres, mais aujourd'hui, je ne pleure que de voir les embûches multipliées qui entourent un jeune Prince qui fait les délices de son Peuple.

DÉMOCRITE.

Quelle folie insigne, de se tourmenter gratuitement pour des maux qui n'arriveront jamais! C'est bien ici le temps de moraliser, lorsque nous ne devrions nous occuper qu'à nous divertir, &

à donner de juftes éloges à un Monarque qui n'a
d'autre intention que de faire le bien.

HÉRACLITE.

Faire connoître à un bon Prince les abus qui fe
commettent ou fe peuvent commettre à fon infçu,
c'eft lui donner le plus bel éloge; c'eft en quelque
forte l'affimiler à l'Etre Suprême, auquel les
foibles mortels peignent avec confiance leurs
maux, parce qu'ils font convaincus qu'il peut &
veut y remédier.

DÉMOCRITE.

Il n'y a rien à répondre à cela : je vois que nous
fommes tous deux de même fentiment, & que
nous ne différons que dans la manière de le rendre.
Malgré la nature de mon caractère qui, comme
vous favez, s'affecte difficilement de l'avenir, je
ne pus m'enpêcher de concevoir, ainfi que vous,
quelques inquiétudes ; mais je ne me fuis pas
amufé, comme vous, à m'alarmer d'un danger
peut être chimérique ; je fuis allé droit au fait.

HÉRACLITE.

Et comment cela, je vous prie ?

DÉMOCRITE.

Le Deftin pouvoit feul m'inftruire des événe-
mens futurs : c'en fut affez pour me déterminer à
m'acheminer vers fon Palais ; mon deffein fut
auffi-tôt exécuté que conçu. Je partis feul ; & après
quelques jours de marche, je parvins au but que
je m'étois propofé. La fituation & la defcription
de ce Palais ne font pas des objets affez impor-
tans pour entreprendre d'en donner des notions ;
je m'arrêtai peu d'ailleurs à cet examen : mon premier foin, lorfque j'y fus arrivé, tendit à fatif-
faire le defir curieux qui m'y avoit amené ; la re-
cherche du Deftin fut mon premier objet.

Je m'adreſſai inutilement à des Génies qui s'empreſſoient autour de moi ; ils ne paroiſſoient pas entendre mon langage, & mon air les excitoit à rire au lieu de me répondre. Cette eſpèce de perſifflage me tenoit dans l'indéciſion, lorſque je fus abordé par un Vieillard dont le maintien majeſtueux inſpiroit la vénération : c'étoit le Deſtin luimême.... « Je ſais, me dit-il en m'abordant, le » ſujet qui t'amène ; & ta démarche a lieu de me » ſurprendre ; étoit-il beſoin de me venir conſulter, » pour ſavoir les deſtinées du Monarque qui t'intéreſſe ? Lis cet Edit, le premier émané de ſon » pouvoir ; vois les perſonnages reſpectables qu'il » a appelés à l'appui de ſa jeuneſſe ; arrête toi vers » cette Reine aimable que le Ciel a liée à ſon ſort ; » & viens, ſi tu l'oſes, apporter ici des doutes.

Ces paroles me firent à l'inſtant connoître mon erreur : je demandai pardon au Vieillard d'être venu le troubler, ſans avoir aſſez attentivement conſidéré d'auſſi heureux préſages ; & je lui demandai la permiſſion de me retirer, en le remerciant de ce qu'il avoit ſi promptement deſſillé mes yeux. « Non, me répondit-il, tu n'auras point » percé juſqu'à mon ſéjour ſans retourner par» faitement ſatisfait ; entre dans cette Salle, & » fixe tes regards ſur les objets qui s'y préſen» teront.

Au même inſtant la Salle qu'il m'indiquoit s'ouvrit avec bruit, & me laiſſa voir le ſpectacle le plus pompeux & le plus enchanteur ; ſans m'arrêter à admirer les beautés de détail que renfermoit ce Salon, des objets plus intéreſſans fixèrent mon attention. Sur la gauche, douze colonnes de marbre granit ſembloient ſoutenir une voûte dont l'élévation excitoit la ſurpriſe ; la droite offroit douze Trônes occupés par autant de Déités.

Mon Guide, après avoir joui quelque temps,

de mon étonnement, me conduifit vers la pre-
mière colonne; je ne pus réfifter à certains mouvemens de frayeur, lorfque j'apperçus un Monftre
moitié homme & moitié ferpent qui y étoit enchaîné. Il portoit une tête qui, femblable à celle
de Janus, avoit deux faces; l'une embellie par le
teint le plus frais & le plus brillant coloris, préfentoit la figure attrayante d'un jeune homme encore
dans l'adolefcence, & dont la beauté l'eût emporté
fur tout ce que pouvoit offrir de plus féduifant, le
fexe deftiné à réunir nos hommages. Le revers
du portrait étoit bien différent : il feroit difficile
d'efquiffer l'enfemble des traits difformes qui com-
pofoient le fecond vifage; j'obfervai feulement qu'un
fang noir & putride diftilloit perpétuellement de
la bouche du Monftre, & je remarquai que fon
corps imitoit celui du Caméléon, dans la variété
& la viciffitude de fes couleurs. D'une main il tenoit une caffolette dans laquelle brûloit un encens
du parfum le plus exquis, & de l'autre il cachoit
foigneufement un poignard.

Je vois parfaitement ce Monftre, dis-je au
Deftin; mais j'ignore ce qu'il défigne. « Lis, me
» dit-il, cet écrit qui eft vers le milieu de la co-
» lonne, & tu le fauras. » Je lus, & je connus que
le premier Monftre que Louis avoit enchaîné étoit
la *Flatterie*.

Un jeune homme en apparence fuperbement vêtu,
mais dont les prétendues richeffes n'étoient qu'o-
ripeau & clinquant, étoit au pied de la feconde
colonne; fes cheveux artiftement arrangés, or-
noient fa tête d'une coeffure de femme; un voile
d'une gafe claire, mettoit fon vifage à l'abri des
influences de l'air; plufieurs diamans brilloient à
fes doigts : fa taille bien prife, la délicateffe de fes
traits, & la vivacité de fes yeux prévenoient facilement en fa faveur; mais l'indignation ne fuccédoit

que trop promptement à ces premiers sentimens,
lorsqu'on appercevoit une multitude d'hommes
étendus à ses pieds, du sang desquels il s'étoit
rassasié avec une féroce avidité. Je lus aussi-tôt
l'inscription, & je vis avec surprise que le *Faste*
étoit représenté sous cet horrible emblème.

Je détournai les yeux de dessus ce triste spec-
tacle ; un Colosse effrayant faisoit alors des efforts
inouis pour s'arracher de la troisième colonne ; il
étoit à demi nud, & étoit assis sur une multitude de livres de tous les Pays & de tous les âges.
Un entr'autre relié magnifiquement, & dont l'im-
pression me parut assez belle, venoit d'être lancé
contre le Ciel par le Monstre, & étoit retombé à
ses pieds ; je le pris, & lus *Systême de la Nature* ;
je n'eus point besoin de recourir à l'inscription ;
je reconnus facilement l'*Impiété*.

Tant d'objets hideux ne pouvoient qu'altérer
ma gaieté ordinaire ; je promenai néanmoins mes
regards avec célérité vers les autres colonnes, &
j'y vis enchaînés sous des emblèmes non moins
énergiques, le *Mensonge*, l'*Intempérance*, la *Pré-
vention*, l'*Ignorance*, la *Calomnie* & la stupide
Indolence.

Je rétrogradois sur mes pas pour les porter du
côté des Trônes, lorsque je fus saisi d'une douce
émotion à la vue de l'emblème de la dernière colonne. Une chaîne de fleurs y attachoit une femme
qui paroissoit encore dans le printemps de son
âge ; jamais rien de si beau ne s'étoit presenté à
moi : un vêtement aussi galant que léger laissoit
négligemment entrevoir beaucoup d'autres charmes : des roses, & un mélange combiné de fleurs
les plus recherchées, répandoient autour d'elle un
parfum délicieux qui venoit agréablement flatter
mon odorat ; tout en elle exprimoit la tendresse,
& offroit l'ensemble charmant de mille beautés

réunies. Mon cœur ne se maintint plus lorsque je vis qu'elle répandoit des larmes & qu'elle paroissoit accablée par la douleur. Un mouchoir essuyoit de temps à autre ses beaux yeux, & la langueur que leur donnoit sa tristesse, ne sembloit servir qu'à la rendre plus intéressante. Le Destin s'apperçut aisément des mouvemens divers qui m'agitoient alors : " tu t'attendris, me dit-il, sur le sort » de cette femme »; je lui avouai ingénument que je ne pouvois concevoir le motif de la rigueur que l'on exerçoit envers elle.

Le Dieu sourit, & continua ainsi : " l'éloigne- » ment aide à ton illusion; tu n'a d'ici que la » perspective : approche ; c'est le seul moyen » de te guérir ».

Je suivis avec empressement le conseil du Destin. J'approchai : mais ô surprise ! ô prestige ! à mesure que j'avançois, les traits de la Captive devenoient durs & grossiers ; son tein qui m'avoit paru effacer l'albâtre en blancheur, devenoit blême & livide, des difformités sans nombre faisoient successivement éclipser les prétendues beautés qui m'avoient séduit : son habillement ne me parut plus galant ; il ne me sembla qu'impudique. La proximité me permit de voir que les larmes quelle répandoit venoient de la rage & du désespoir, & non de la douleur ; ces fleurs charmantes, ces parfums exquis étoient également métamorphosés , & une odeur insupportable s'exhaloit de cet endroit. Une fange infecte, noire & bourbeuse formoit le lieu de son repos ; j'avois peine à croire mes yeux, tant la métamorphose me paroissoit étrange ! "Lis l'ins- » cription, me dit le Destin, & tu reviendras de » ta surprise ». Je lus en effet *Volupté*, & ne pus pas m'empêcher de reconnoître & d'applaudir à la vérité de l'emblême.

" C'est assez, me dit le Dieu ; ce que tu as vu

» doit te faire connoître quel Prince le Ciel a
» donné pour Chef aux François. Un Roi qui en-
» chaîne, dès les premiers pas, des monftres aufli
» dangereux pour lui, ne peut que faire le bon-
» heur d'un Peuple qui l'adore ; fur-tout lorfqu'il
» place aufli éminément les vertus fans lefquelles
» le diademe n'eft qu'un vain & frivole orne-
» ment ».

Nous nous trouvâmes au pied du premier trône
lorfque le Viellard finiffoit ce difcours. *La Bienfaifance* étoit la Déité qui l'occupoit: une foule
de perfonnes de différents fexes, de différens états
& de différens âges lui préfentoit des placets
qu'elle recevoit avec bonté. Son premier foin étoit
de les remettre à la Juftice qui fiégeoit fur le
trône voifin. Cette Déeffe fembloit étonnée de fe
voir tant d'occupation. A peine pouvoit-elle fuf-
fire à lire les mémoires qui lui étoient adreffés.

« Il y a long-temps, me dit le Deftin, qu'elle
» n'a eu autant de befogne : je la voyois autre-
» fois fouvent oifive & rêveufe, s'ennuyer dans
» les Jardins de ce Palais; mais depuis que le
» Monarque François a réfolu de tout voir par lui-
» même, tu t'apperçois qu'elle n'eft pas dé-
» fœuvrée ».

En effet elle lifoit attentivement tout ce qui lui
étoit préfenté, & le diftribuoit enfuite dans deux
urnes placées à fes côtés. Celle de la gauche étoit
prefque pleine, que celle de la droite n'étoit pas
encore au quart. Je crus pouvoir demander au
Vieillard d'où venoit cette différence. « Ton defir
» eft aifé à fatisfaire, me répondit-il: parmi la
» multitude d'écrits que l'on adreffe à la Bien-
» faifance, il fe rencontre bien des fatras, des
» inutilités & des fottifes; la crainte de rejeter
» quelque chofe d'utile & d'intéreffant, oblige
» d'agréer tout; l'urne de la gauche renferme donc

» les frivolités qui ne méritent pas de réponfes ;
» l'urne de la droite au contraire , contient tout ce
» qui peut être digne d'attention ».

Puifque je fuis venu dans ce lieu pour m'inftruire , repris-je à mon tour, pourrois-je fans in-
difcrétion jeter les yeux fur quelques uns des mémoires renfermés dans l'urne de la droite ?

La permiffion m'en ayant été accordée, le premier qui me tomba fous la main étoit la plainte
de plufieurs malheureux Colons , qui en repré-
fentant avec refpect à leur Prince qu'ils étoient
accablés de taille, s'en remettroient à fon équité
pour l'exemption des corvées ; genre de furcharge
qui retombe toujours fur les plus infortunés ha-
bitans. Le fecond dévoiloit les manœuvres mifes
en ufage par des fang-fues publiques, pour dévorer la plus pure fubftance du malheureux Plé-
béien ; le troifième peignoit fous les plus vives
couleurs un abus d'autorité. Le quatrième......je
m'occupois à le lire , lorfqu'un nouveau fpectacle
fit changer d'objet à mon attention. Une fcène
bruyante fe paffoit vers le milieu de la Salle : j'y
portai mes pas , & laiffai derrière moi *la Force*, *la
Temperance* & *la Piété*, Déeffes que le peu de temps
que j'avois à donner à l'examen ne me permit pas de
confidérer à loifir. *La Charité* étoit celle qui caufoit
la rumeur qui m'avoit attiré de ce côté ; une
troupe de malheureux lui adreffoient leurs hommages : les uns languiffans & exténués par la faim
& par la douleur pouvoient à peine faire parvenir leurs gémiffemens vers elle ; fes foins bienfai-
fans les alloient diftinguer dans la foule, & leur
prodiguoient les plus prompts fecours. Quant aux
autres qui pouvoient plus facilement attendre,
elle leur diftribuoit tour-à tour fes largeffes. Je
pris long - temps plaifir à cette diftribution , on
éprouve toujours une certaine joie en faifant du

bien , ou en en voyant faire. J'y ferois peut être demeuré plus long-temps, fi une voix fonore n'a-voit frappé mes oreilles : je tournai la tête de ce côté , & je m'apperçus que c'étoit de la bouche *de la Vérité* qu'étoient émanés les fons qui m'a-voient frappé. Je croyois cette Divinité muette , dis-je à mon conducteur ? " Ton idée , me dit-il, » n'eft pas dénuée de fondement ; il s'eft écoulé » bien des années fans qu'elle ait ofé proférer » une feule parole , (car il ne faut pas confondre » avec elle la Satire , monftre cruel & grand par· » leur, qui très-fouvent emprunte fon nom & fa » figure). Le filence de la Déeffe ne venoit point » cependant d'aucune difficulté de la nature , mais » de la timidité. Aujourd'hui elle commence à » articuler quelques fons , & la connoiffance que » j'ai de l'avenir m'eft garant qu'avant peu elle » recouvrera entièrement l'ufage de la parole ».

Je m'avançai dans la Salle en riant de la faillie du Vieillard , lorfque je me trouvai auprès d'un trône occupé par un homme qui paroiffoit dans la maturité de l'âge : au devant de lui étoit une efpèce de bureau fur lequel fe trouvoient quelques livres ; un entre autres avoit pour titre : *Memoires fecrets fur l'adminiftration des finances , par M. de Sully.* A fes pieds étoit un lynx ; &, comme la Juftice , il tenoit en main une balance. A ces attri-buts je crus reconnoître le *difcernement* ; je ne me trompois pas ; il étoit en effet entouré d'une foule d'artiftes qui lui préfentoient divers ouvrages : ce Dieu les recevoit avec bonté, & les renvoyoit à *l'A-bondance* pour être dignement récompenfés de leurs travaux.

Les Artiftes ne formoient pas feuls fa Cour, elle étoit compofée d'hommes de tous les états & de toutes les conditions : il s'y rencontroit fur-tout beaucoup de ce qu'on appelle dans le monde

hommes à projets, mais je les vis tous mal accueil-
lis par la Divinité , dont la fagacité entrevoyoit
fur le champ le but de ces individus malfaifans ,
qui , fous le prétexte fpécieux du bien public, ne
cherchent que trop fouvent à élever leur fortune
fur la ruine du Peuple qu'ils oppriment. J'en vis
cependant un que le Dieu traita avec une forte
de diftinction ; il reçut avec un air de fatisfaction
l'écrit qu'il lui préfenta , & lui donna en échange
une couronne d'olivier.

J'appris de mon guide que cet homme jufte-
ment récompenfé étoit l'Auteur de plufieurs
projets utiles & dans lefquels il avoit , contre
l'ordinaire de fes confrères , moins confulté fon
intérêt particulier que celui de fa Nation. J'ap-
plaudis au zèle de cet honnête citoyen & je
gémis de ce que dans les hommes de fon efpèce ,
il s'en trouvoit à peine un fur mille affez vertueux
pour l'imiter.

Je ne tardai pas à connoître que mon fentiment
n'étoit pas celui de tout le monde ; j'étois en ce
moment au centre d'un grouppe affez confidérable
de perfonnes mafquées que je n'avois pas apper-
çues , & qui , à en juger par la richeffe de leurs
vêtemens, étoient des gens de la plus haute con-
fidération. Un murmure confus , indice peu équi-
voque du dépit, & un bourdonnement importun
montroient évidemment qu'ils défapprouvoient ta-
citement le traitement diftingué que le Dieu avoit
fait au Patriote. Je conçus facilement ce qui excitoit leurs plaintes, quand le Deftin m'eut appris
que le projet fi bien accueilli étoit un plan de
réforme , dans lequel ces Meffieurs qui n'étoient
rien moins que ce qu'ils vouloient fe faire croire
ne trouveroient pas leur compte.

Quoi qu'il en foit, le Dieu, fans paroître
avoir entendu leurs murmures, les admit à fon

audience ; tous lui préfentèrent des papiers cache-
tés & en reçurent de femblables en échange. Les
papiers qu'ils donnent, me dit mon Conducteur,
font des éloges qu'ils fe prodiguent, dans l'efpoir
de parvenir par ce moyen peu modefte, à des
poftes lucratifs qu'ils ambitionnent. La réponfe *du
difcernement* contenue dans les billets qu'il leur
donne à fon tour, va étrangement fruftrer leur
attente. En effet, je vis à l'ouverture des billets
le grouppe fe fubdivifer en autant de parties qu'il
renfermoit d'individus ; une rage muette fembloit
d'abord dévorer fecrètement ces différens perfon-
nages ; mais bientôt leur défefpoir éclata : ils s'ar-
rachèrent les cheveux déchirèrent leurs mafques ;
& dans l'excès de leur fureur, mirent en lambeau
ces vêtemens fuperbes qui les décoroient.

Moi feul j'eus an beau fujet de rire , quand les
mafques tombés me laiffèrent la liberté de reconnoître bien des gens que je n'euffe pas attendu là,
& qui auroient bien fouhaité ne m'y pas voir.

J'étois occupé à rire de ces diverfes figures,
lorfque des acclamations de joie partirent fubite-
ment des quatre côtés de la Salle : je courus vers
un des angles où je voyois la foule fe porter avec
empreffement, & mon fang fe glaça d'effroi à
l'afpect d'un monftre horrible qu'une femme
armée de pied en cap venoit de terraffer, & contre laquelle il vomiffoit des torrens de flammes,
par les bouches immondes de cent têtes qui pre-
noient leur origine d'un même tronc.

L'ennemie redoutable qui l'avoit terraffé, d'une
main tenoit une lance dont elle le menaçoit, &
de l'autre arrachoit les épis d'une gerbe fur laquelle
portoit la moitié du corps du coloffe : il faifoit
des efforts fi multipliés, le feu qu'il jetoit par fes
cent bouches & par les narines, étoit fi actif & fi
continuel, que je commençois à craindre pour

l'Héroïne qui l'avoit subjugué. La contenance fière de celle-ci me rassuroit néanmoins, lorsque je m'apperçus qu'elle étoit elle-même grièvement blessée; le sang couloit abondamment à travers les joints de sa côte d'armes, mais elle songeoit moins à panser ses plaies qu'à dompter celui qui les lui avoit faites; une victoire complette fut enfin la récompense de son courage, & le monstre expira sous ses coups.

A peine avoit-il rendu le dernier souffle, qu'un phénomène nouveau excita de plus en plus mon admiration; le feu de ses cent bouches s'éteignit tout-à-coup; & au lieu des flots enflammés que j'en avois vu jaillir, j'en vis sortir des flots d'or qui bientôt prirent la consistance dure, ordinaire à ce métal; mais ce qui me frappa bien plus vivement, ce fut de voir le colosse se dissoudre par partie, à proportion que le cours d'or diminuoit. Cette dissolution étrange se fit avec tant de promptitude, que bientôt il ne resta aucun vestige de cet hydre redoutable : on remarquoit seulement à sa place un monceau de brochures flétries & déchirées auxquelles un Génie armé d'une torche se préparoit à mettre le feu; je ne pus résister au desir de savoir ce que contenoient ces écrits; j'en ramassai quatre à cinq; ils rouloient tous sur la manière de s'enrichir aux dépens d'autrui. A la seule vue de leurs titres, je m'empressai de les rendre aux flammes dont je les avois arrachés.

J'avois peine à concevoir néanmoins ce que signifioit cet emblême : mon guide avoit jusqu'alors satisfait mes desirs; j'eus encore recours à lui.

« Le monstre de la destruction duquel tu as été » le témoin, me répondit-il, est le sordide Inté- » rêt; depuis nombre d'années les plus solides » richesses peuvent à peine satisfaire sa voracité & » il ne se signale que par la multiplicité & la » diversité de ses brigandages. L'Héroïne qui l'a

» terraffé eft la France ; elle a lutté long-temps
» contre lui fans le pouvoir abattre ; il lui a même,
» comme tu t'en es apperçu, fait plufieurs bleffu-
» res dont la guérifon fera pour elle longue &
» douloureufe ; quand à ces brochures dangereu-
» fes dont le Génie tutélaire de la France vou-
» droit faire difparoître jufqu'à la moindre trace,
» elles formoient, pour ainfi dire, l'ame de l'hydre ;
» c'étoient elles qui lui donnoient du reffort, &
» le funefte poifon qui s'en évaporoit rendoit fon
» fouffle fi pernicieux, que ceux qui s'y trouvoient
» expofés perdoient fur le champ l'ufage de leurs
» facultés. C'eft à la fubtilité de ce venin qu'il a
» dû fi long-temps fon falut : par fon moyen il a
» fu fe fouftraire aux coups d'une multitude de
» perfonnes qui par état euffent dû fe réunir pour
» le dompter, mais qui, engourdis par la vapeur
» maligne émanée de fon fein, étoient réduits
» à la trifte néceffité d'être témoins immobiles de
» fes ravages. «

Je refufai d'en voir & d'en entendre davantage,
& je pris dès-lors la réfolution de conferver la
gaieté de mon caractère, & de l'appliquer à me
réjouir avec les François de leur bonheur, fauf à
rire quelquefois de leurs fottifes.

H É R A C L I T E.

C'en eft fait ; ma mélancolie cède à d'auffi fortu-
nés augures. Puiffe ce règne fufpendre pendant un
fiècle entier le cours de mes pleurs, & que la
poftérité apprenne chaque jour qu'il falloit que
Louis XVI régnât pour tarir les larmes d'Héraclite !

Lu & approuvé à Paris, ce 15 Juillet 1774. MARIN.

Vu l'Approbation permis d'imprimer, ce 18 Juillet
1774. *DE SARTINE.*

De l'Imprimerie de MICHEL LAMBERT, rue de
la Harpe, près S. Côme, 1774.

www.ingramcontent.com/pod-product-compliance
Lightning Source LLC
LaVergne TN
LVHW012156170726
843503LV00009B/4215